나랏말쓰미

나랏말쏘미

초판 1쇄 인쇄 2019년 9월 25일
초판 1쇄 발행 2019년 10월 2일

지은이 편집부
책임편집 조혜정
디자인 그별
펴낸이 남기성

펴낸곳 주식회사 자화상
인쇄,제작 데이타링크
출판사등록 신고번호 제 2016-000312호
주소 서울특별시 마포구 월드컵북로 400, 2층 201호
대표전화 (070) 7.555-9653
이메일 sung0278@naver.com

ISBN 979-11-90298-09-4 02800

이 도서의 국립중앙도서관 출판예정도서목록(CIP)은 서지정보유통지원시스템 홈페이지
(http://seoji.nl.go.kr)와 국가자료공동목록시스템(http://www.nl.go.kr/kolisnet)에서
이용하실 수 있습니다.(CIP제어번호: CIP2019037317)

나 ·랏·말쓰·미

자화
상

이달에 임금이 친히 28자 언문(諺文)을 지었으매 그 글자가 옛 전자(篆字)*를 모방하고, 초성(初聲)·중성(中聲)·종성(終聲)으로 나누어 합하고서야 글자를 이루었다. 무릇 문자(文字)와 이어(俚語)**를 모두 쓸 수 있고, 비록 쉽고 간추린 글자이나 전환(轉換)이 무궁하니, 이를 훈민정음(訓民正音)이라고 일렀다.

『조선왕조실록』〈세종실록〉 102권, 세종 25년 (1443년) 12월 30일

*전자(篆字) : 한자 서체 중 하나
**이어(俚語) : 항간(巷間)에 떠돌며 쓰이는 속된 말.

훈민정음 서문

訓民正音

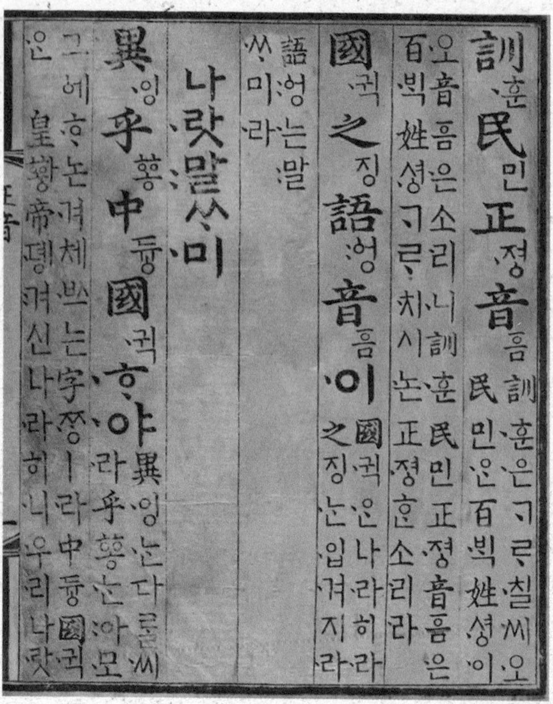

訓훈民민正졍音흠
訓훈은 ᄀᆞᄅᆞ칠 씨오 民민은 百ᄇᆡᆨ姓셩이오 音흠은 소리니 訓훈民민正졍音흠은 百ᄇᆡᆨ姓셩 ᄀᆞᄅᆞ치시논 正졍ᄒᆞᆫ 소리라
國귁之징語엉音흠이
國귁은 나라히라 之징는 입겨지라 語엉는 말ᄊᆞ미라
나랏 말ᄊᆞ미
異잉乎홍中듕國귁ᄒᆞ야
異잉는 다ᄅᆞᆯ 씨라 乎홍는 아모그에 ᄒᆞ논 겨체 ᄡᅳ논 字ᄍᆞᆼㅣ라 中듕國귁은 皇황帝뎽 겨신 나라히니 우리 나랏

나라의 말이

中듕國귁에달아

與영文문字쫑로不붏相샹流륳通홍

씨與영는이와뎌와ㅎ논겨체쓰는字쫑ㅣ라文문은글와리라不붏은아니ㅎ논쁘디라相샹은서르ㅎ논쁘디라流륳通통은흘러스무출씨라

文문字쫑와로서르ㅅ뭇디아니ㅎ씨

故공로愚웅民민이有ᅙᅮ所송欲욕言언

©문화재청

중국과 달라
한자와 서로 통하지 아니하니

ᄒᆞ야도 故공ᄂᆞᆫ젼ᄎᆞ라 愚ᇰᄋᆞᆫ어릴ᄊᆞᆯ씨라

ᅀᅵᆫᄂᆞᆫ이실ᄊᆞᆯ씨라 而ᅀᅵᆼᄂᆞᆫ

欲욕ᄋᆞᆫᄒᆞ고져홀ᄊᆞᆯ씨라

言ᅌᅥᆫᄋᆞᆫ니를씨라

이런젼ᄎᆞ로어린百ᄇᆡᆨ姓셩이니르고져

而ᅀᅵᆼ終즁不붏得득伸신其끵情쪙者쟝ᅵ

져ᅙᆞᆯᄲᅵ이셔도

而ᅀᅵᆼᄂᆞᆫ입겨지라 終즁은ᄆᆞᄎᆞᆷ리라 得득은시를씨오

ᅵ多당矣ᅌᅴ라

伸신ᄋᆞᆫ펼씨라 其끵ᄂᆞᆫ제라 情쪙은ᄠᅳ디라

者쟝ᄂᆞᆫ노미라 多당ᄂᆞᆫ할씨라 矣ᅌᅴᆫ

디라 者쟝ᄂᆞᆫ노미라 多당ᄂᆞᆫ할씨라 矣ᅌᅴᆫ

©문화재청

이런 까닭으로 어리석은 백성이
이르고자 하는 바가 있어도

8

무춤내 제ᄠᅳ들 시러 펴디 몯ᇙ 노미 하

니라

予ᅌᅧᆼ 爲윙 此ᄎᆞᆼ 憫민 然션 ᄒᆞ야 予ᅌᅧᆼ는 내ᄒᆞᆸ

시니라 此ᄎᆞᆼ는 이라 憫민 然션은 어엿비너기실씨라

내이ᄅᆞᆯ 爲윙ᄒᆞ야 어엿비너겨

新신 制졩 二ᅀᅵᆼ 十씹 八밣 字ᄍᆞᆼ ᄒᆞ노니 신新

©문화재청

마침내 제 뜻을 능히 펼치지
못하는 사람이 많노라
내 이를 가엾이 여겨

은 새라 制졩ᄂᆞᆫ 밍ᄀᆞᆯ 실 씨라 二잉十씹八밣은 스믈여들비라

새로스믈여듧字ᄍᆞᆼᄅᆞᆯ 밍ᄀᆞ노니

欲욕使ᄉᆞᆼ人ᅀᅵᆫ ᄋᆞ로易잉ᄏᆞᆸ씹ᄒᆞ야

便뼌於형日ᅀᅵᇙ用용耳ᅀᅵᆼ니라

便뼌은 便뼌安한ᄒᆞᆯ씨라 於형는 아모그에ᄒᆞ논겨체ᄡᅳ는字ᄍᆞᆼ ㅣ라 日ᅀᅵᇙ은 나리라 用용은 ᄡᅳᆯ 씨라 耳ᅀᅵᆼᄂᆞᆫ ᄯᆞ ᄅᆞ미라 ᄒᆞ노ᄡᅵᆯ ᄯᆞᄅᆞ미라

欲욕은 ᄒᆞ고져 ᄒᆞᆯ 씨라 使ᄉᆞᆼᄂᆞᆫ ᄒᆡ여ᄒᆞ논 마리라 人ᅀᅵᆫ은 사ᄅᆞ미라 易잉ᄂᆞᆫ 쉬ᄫᅳᆯ씨라

©문화재청

새로이 스물여덟 자를 만드나니

10

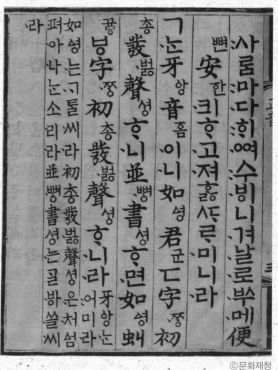

사람마다 하여금 쉽게 익혀 날로 쓰매
편안케 하고자 할 따름이니라

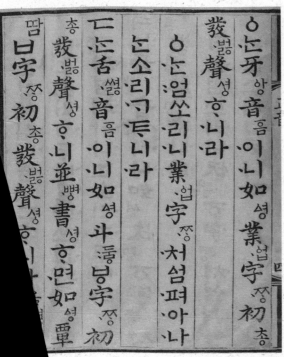

니 소리이니 업(業) 자의 처음 펴서
나는 소리 같으니라.

훈민졍음 초성해

ㄱ눈

ㄲ 나ᄂᆞ소리ㄱㅌ

ㅉ 처섬펴아 나ᄂᆞ소리ㄱ

ㅋ ᄂᆞ 牙ᅌᅡᆼ音흠 이니 如셩 快쾡ᅙ字

ᅘ 虯뀹 聲셩 ᄒᆞ니라

ㅋ ᄂᆞ 엄쏘리니 快쾡ᅙ字쭝 처섬펴아

나ᄂᆞ소리ㄱㅌ니라

ㄱ

군(君) 자ᅌ
나랑ᄒᆞ

ㅋ은 어

ㅇ은 어ᅌ

ᄂᆞㄹ
혜
라실
은

ㄷ은 혓소리이니
두(斗) 자의 처음 펴서 나는 소리 같으니
나란히 쓰면
땀(覃) 자의 처음 펴서 나는 소리 같으니라.
ㅌ은 혓소리이니
탄(呑) 자의 처음 펴서 나는 소리 같으니라.

ㄴ舌쎯音흠이니 如셩 那낭ㆆ字쫑初총

쀻聲셩ㅎ니라

ㄴ난혀쏘리니 那낭ㆆ字쫑처섬펴아

나난소리기ㅌ니라

ㅂ난唇쓘音흠이니 如셩 瞥뼗字쫑初총

쀻聲셩ㅎ니 並뼝書셩ㅎ면 如셩 步뽕

ㆆ字쫑初총 쀻聲셩ㅎ니라 脣쓘은입이라 시우리라

©문화재청

**ㄴ은 헛소리이니 나(那) 자의
처음 펴서 나는 소리 같으니라.**

ⓒ문화재청

ㅂ은 입술소리이니 별(彆) 자의
처음 펴서 나는 소리 같으니
나란히 쓰면 뽀(步)자의
처음을 펴서 나는 소리 같으니라.
ㅍ은 입술소리이니 표(漂) 자의
처음 펴서 나는 소리 같으니라.

ㅁᄂᆫ脣쎤音ᅙᅳᆷ이니 如ᅀᅧ彌밍ㆆ字쭝初총
發ᄬᅡᆯ聲셩ᄒᆞ니라
ㅁᄂᆫ입시울쏘리니 彌밍ㆆ字쭝처ᅀᅥᆷ
펴아나ᄂᆞ소리 ㄱᄐᆞ니라
ㅈᄂᆫ齒칭音ᅙᅳᆷ이니 如ᅀᅧ即즉字쭝初총
發ᄬᅡᆯ聲셩ᄒᆞ니 並뼝書셩ᄒᆞ면 如ᅀᅧ慈쭝
ㆆ字쭝初총發ᄬᅡᆯ聲셩ᄒᆞ니라 齒칭頭뚱ㅅ라

©문화재청

ㅁ은 입술소리이니 미(彌) 자의
처음 펴서 나는 소리 같으니라.

ⓒ문화재청

ㅈ은 잇소리이니 즉(即) 자의
처음 펴서 나는 소리 같으니
나란히 쓰면 짜(慈) 자의
처음 펴서 나는 소리 같으니라.
ㅊ은 잇소리이니 침(侵) 자의
처음 펴서 나는 소리 같으니라.

ㅅ눈齒_칭音_흠이니如_셩戌_슗字_쫑初_총

發_벓聲_셩ᄒ니並_뼝書_셩ᄒ면如_셩邪_썅

ㆆ字_쫑初_총發_벓聲_셩ᄒ니라

ㅅ눈ㅆ쏘리니戌_슗字_쫑ㅎ처엄펴아나

눈소리ㄱㅌㄴ끝밧쓰면邪_썅ㆆ字_쫑

처엄펴아나눈소리ㄱㅌㄴ니라

ㆆ눈喉_ᅘ音_흠이니如_셩挹_흡字_쫑初_총

©문화재청

ㅅ은 잇소리니 술(戌) 자의
처음 펴서 나는 소리 같으니
나란히 쓰면 싸(邪) 자의
처음 펴서 나는 소리 같으니라.

斆뼝聲ᇰ ᅙᅵ라 喉ᅘᅮᆼ는 모기라

ᅙ는목소리니 挹ᅙᅵᆸ字ᄍ 처ᅀᅥᆷ펴아나 는소리ᄀᆞᇀᄋ니라

ᅘ는喉ᅘᅮᆼ音ᅙᅳᆷ이니 如ᅀᅧ虛헝ᅙ字ᄍ 初총

斆뼝聲ᇰ ᅘᅵ並뼝書셩ᅘ면 如ᅀᅧᆼ 洪

ᄀ字ᄍ 初총斆뼝聲ᇰ ᅙᅵ라

ᅘ는목소리니 虛헝字ᄍ 처ᅀᅥᆷ펴아

ㆆ은 목구멍소리이니 읍(挹) 자의
처음 펴서 나는 소리 같으니라.
ㅎ은 목구멍소리이니 허(虛) 자의
처음 펴서 (나는 소리 같으니)

ㄹ는半반舌쎯音즘이니如졍閭령ㅇ字

ㄴ는소리ㄱㅌ니라

ㅇ는목소리니欲욕字쪙처엄펴아나

쭟聲셩ㅎ니라

ㅇ는喉흫音즘이니如졍欲욕字쪙初총

ㆆ는처엄펴아나는소리ㄱㅌ니라

나는소리ㄱㅌ니곧방쓰면洪홓ㄱ字

나란히 쓰면 홍(洪) 자의
처음 펴서 나는 소리 같으니라.
ㅇ은 목구멍소리이니 욕(欲) 자의
처음 펴서 나는 소리 같으니라.

ㅎㆆ初충ㅎ發벓聲셩ㅎ니라

ㄹ는 半반혀쏘리니 閭령ㆆ字쭝처섬

펴아나ᄂ쏘리ㄱᄐ니라

ㅉ△는 半반齒칭音흠이니 如셩穰샹ㄱ字

충初ㅎ發벓聲셩ㅎ니라

△는 半반ㅣ쏘리니 穰샹ㄱ字쭝처섬

펴아나 눈소리ㄱᄐ니라

©문화재청

ㄹ은 반혓소리이니 려(閭) 자의
처음 펴서 나는 소리 같으니라.
△은 반잇소리이니 양(穰) 자의
처음 펴서 나는 소리 같으니라.

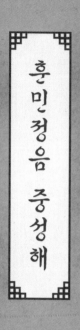

훈민정음 중성해

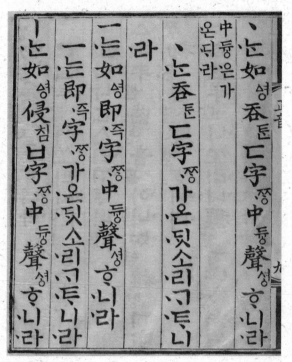

ⓒ문화재청

· 는 탄(呑) 자의 가운뎃소리 같으니라.
一 는 즉(卽) 자의 가운뎃소리 같으니라.

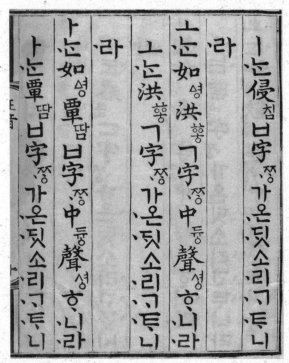

©문화재청

ㅣ 는 침(侵) 자의 가운뎃소리 같으니라.
ㅗ 는 홍(洪) 자의 가운뎃소리 같으니라.
ㅏ 는 땀(覃) 자의 가운뎃소리 같으니라.

·라

ㅜ는 如ㅇ君ㄷ字ㅉ 中듕 聲ㅎㆁ니라

ㅜ는 君ㄷ字ㅉ 가온딧소리 ㄱᆞᄐᆞ니

·라

ㅓ는 如ㅇ業ㅇ업字ㅉ 中듕 聲ㅎㆁ니라

ㅓ는 業ㅇ업字ㅉ 가온딧소리 ㄱᆞᄐᆞ니·라

ㅛ는 如ㅇ欲욕字ㅉ 中듕 聲ㅎㆁ니라

ㅜ는 군(君) 자의 가운뎃소리 같으니라.
ㅓ는 업(業) 자의 가운뎃소리 같으니라.

©문화재청

ㅛ는 욕(欲) 자의 가운뎃소리 같으니라.
ㅑ는 양(穰) 자의 가운뎃소리 같으니라.
ㅠ는 술(戌) 자의 가운뎃소리 같으니라.

©문화재청

ㅕ는 별(彆) 자의 가운뎃소리 같으니라.

훈민졍음 죵셩해

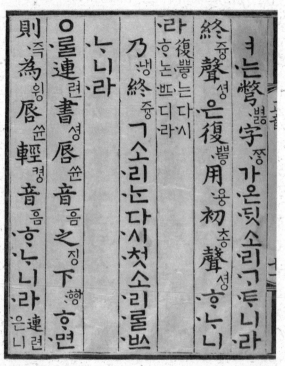

나중소리는 다시 첫소리를 쓰느니라.

ⓒ문화재청

ㅇ을 입술소리 아래에 이어 쓰면
입술 가벼운 소리가 되느니라.

첫소리를 어울려 쓸 테면 나란히 쓴다.
나중소리도 한가지라.
ㆍ와 ㅡ와 ㅗ와 ㅜ와 ㅛ와 ㅠ와는
첫소리 아래 붙여서 쓰고

ⓒ문화재청

ㅣ와 ㅏ와 ㅓ와 ㅑ와 ㅕ는
오른녘에 붙여 쓰라.
무릇 글자가 모름지기
어울려야 소리가 이루어지니

左장加강一힗點뎜ᄒᆞ면則즉去컹聲셩
이오一힗ᄋᆞᆫᄒᆞ나히라去컹聲셩은ᄆᆞᆺ노
라쁜소
왼녀기ᄒᆞᆫ點뎜을더으면ᄆᆞᆺ노ᄑᆞᆫ소리
左장ᄂᆞᆫ왼녀기라加강ᄂᆞᆫ더을씨라
오
二ᅀᅵᆼ則즉上썅聲셩이오上썅聲셩은처
二ᅀᅵᆼᄂᆞᆫ둘히라
어미ᄂᆞᆺ갑고乃냉終즁이노ᄑᆞᆫ소리라

©문화재청

왼녁에 한 점을 더하면 가장 높은 소리요,

©문화재청

점이 둘이면 상성이요,
점이 없으면 평성이요,
입성은 점을 더하면 한가지로되 (빠르니라.)

쓰니라

漢한音ᅙᅳᆷ 齒칭聲셔ᇰ은 有ᅌᅮᇢ 齒칭頭뚜ᇢ 正

저ᇰ齒칭之징 別ᄲᅧᇙ ᄒᆞ니 漢한音ᅙᅳᆷ은 中듀ᇰ 國귁소리라 頭뚜ᇢ

ᄂᆞᆫ머리라 別ᄲᅧᇙ은 글힐씨라

中듀ᇰ國귁 소리옛니쏘리ᄂᆞᆫ 齒칭頭뚜ᇢ

와 正져ᇰ齒칭 왜ᄀᆞᆯ히요미잇ᄂᆞ니

ㅈㅊㅉㅅㅆ字짜ᇰ ᄂᆞᆫ用요ᇰ於헝 齒칭頭뚜ᇢ

중국 소리의 잇소리는 치두(齒頭)와 정치(正齒)를 분별하는 것이 있으니,

ㆆ고
ㅣ소리ᄂᆞᆫ 우리 나랏 소리예셔 열ᄫᅵ니
ㄴᅵ혓 그 티 웃 닛 머리예 다 나니라

ᅐᅕᅑᄽ字ᄍᅠᄂᆞᆫ 齒쳥頭뜳ㅅ 소리
ㅣ소리ᄂᆞᆫ 우리 나랏 소리예셔 두

예 ᄡᅳ고

ᅎᅔᅏᄼ字ᄍᅠᄂᆞᆫ 用용於헝 正졍齒쳥

ㆆ니 터 ᄫᅩ니 혓 그 티 아 랫 닛 무유메 다

라니니

ᅎᅔᅏᄼ字ᄍᅠᄂᆞᆫ 正졍齒쳥ㅅ 소리

©문화재청

ᅎ, ᅔ, ᅏ, ᄼ, ᄽ자는 치두 소리에 쓰고
ᅐ, ᅕ, ᅑ, ᄾ, ᄿ자는 정치 소리에 (쓰나니)

·예·쓰·ᄂᆞ·니

牙ᅌᅡᆼ舌·쎯脣·쓘喉薑之징字·쭝·는 通통用

·용於헝漢·한音·흠·ᅙᆞᄂᆞ니·라

·엄·과·혀·와·입시·울·와·목소리·옛字·쭝·는

中듕國·귁소·리·예 通통·히·쓰·ᄂᆞ·니·라

訓·훈民민正졍音·흠

©문화재청

어금니와 혀와 입술소리와 글자는
중국 소리에 통용하여 쓰느니라.

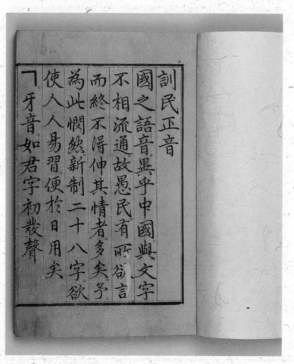

訓民正音

國之語音異乎中國與文字
不相流通故愚民有所欲言
而終不得伸其情者多矣予
爲此憫然新制二十八字欲
使人人易習便於日用矣

ㄱ 牙音。如君字初發聲

세종대왕의 『훈민정음』 한자 서문 ˚ⓒ문화재청

40

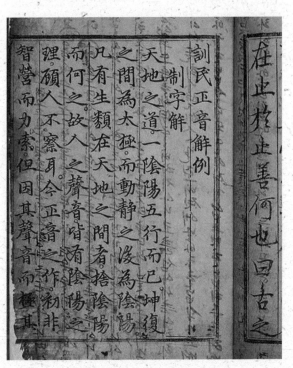

「훈민정음」 제자해 ©문화재청

終聲解

按十四聲徧相隨

終聲者承初中而成字韻。如即字

終聲是「ㄱ」居즉終而爲즉。洪字

終聲是ㆁ。ㆁ居ᅘᅩᇰ終而爲ᅘᅩᇰ之類。

舌脣齒喉皆同。聲有緩急之殊。故

平上去其終聲不類入聲之促急。

不清不濁之字其聲不厲。故用於

終則宜於平上去。全清次清全濁

『훈민정음』 종성해 ©문화재청

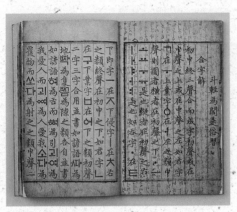

「훈민정음」합자해 ©문화재청

「훈민정음」용자해 ©문화재청

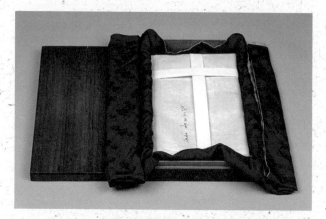

비단과 종이에 싸여 있는 『훈민정음』 한자 해설서인 해례본.
ⓒ문화재청

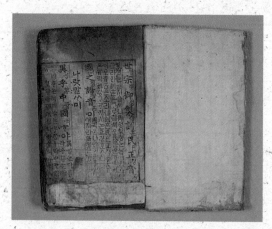

『훈민정음』의 언해(서문과 예의편을 한글로 해설한 것)가 실린 『월인석보』 1권.
ⓒ문화재청